Vente des 10, 11, 12 et 13 Mars 1862

APRÈS DÉCÈS

DE M. JACOB

OBJETS D'ART & CURIOSITÉS

Mᵉ Ch. PILLET, Commissaire-Priseur

MM. MANNHEIM, Experts

PARIS. IMPRIMERIE DE PILLET FILS AINÉ

5. RUE DES GRANDS-AUGUSTINS.

CATALOGUE

D'une belle et nombreuse réunion

D'OBJETS D'ART

ET DE CURIOSITÉ

Émaux byzantins et de Limoges;
Sculptures en ivoire des XIIIᵉ, XIVᵉ, XVᵉ et XVIᵉ siècles; Sculptures en bois;
Orfévrerie gothique; Bijoux; Matières précieuses;
Manuscrits; Bronzes antiques et florentins; Quantité d'Objets provenant des collections
Fould et Soltykoff;
Faïences diverses; Armes anciennes, orientales et occidentales;
Porcelaines anciennes de la Chine et autres;
Sculptures en marbre, parmi lesquelles on remarquera deux Statues d'enfants, grandeur nature,
figurant la Terre et l'Eau;
Pendules et Candélabres du temps de Louis XV et de Louis XVI;
Meubles en bois sculpté; Secrétaires,
Encoignures, Consoles, etc., en marqueterie de bois et en bois sculpté et doré
du temps de Louis XV et de Louis XVI; quelques Tableaux
et quantité d'Objets variés

DONT LA VENTE AURA LIEU

Par suite du décès de M. JACOB

MARCHAND DE CURIOSITÉS

HOTEL DROUOT, SALLE Nº 5

AU PREMIER

Les Lundi 10, Mardi 11, Mercredi 12 et Jeudi 13 Mars 1862

A UNE HEURE

Par le ministère de Mᵉ **CHARLES PILLET**, Commissaire-Priseur,
rue de Choiseul, 11,

Assisté de **MM. MANNHEIM**, Experts, rue de la Paix, 10

EXPOSITION PARTICULIÈRE
Le Samedi 8 Mars 1862, de une heure à cinq.

EXPOSITION PUBLIQUE
Le Dimanche 9 Mars 1862, de une heure à cinq.

CONDITIONS DE LA VENTE

Elle sera faite au comptant.

Les acquéreurs payeront, en sus des adjudications, *cinq pour cen*
applicables aux frais.

LE CATALOGUE SE TROUVE :

A Paris :	Chez Mᵉ **CHARLES PILLET**, rue de Choiseul, 11 ;
—	MM. **MANNHEIM**, rue de la Paix, 10 ;
A Londres :	M. **J. WEBB**, 22, Cork street ;
—	M. **H. DURLACHER**, 113, New Bond street ;
A Bruxelles :	M. **STEIN**, montagne de la Cour.

AVIS

Le présent Catalogue servira de carte d'entrée à l'Exposition particulière.

Paris. Imprimerie PILLET FILS AÎNÉ, rue des Grands-Augustins, 5.

PREMIÈRE VACATION

Le lundi 10 mars 1862

DÉSIGNATION

DES OBJETS

Émaux de Limoges

1 — Diptyque en émail de Limoges, colorié sur paillon.

Le volet droit représente l'adoration des bergers; celui de gauche, celle des rois mages.

Ces deux sujets composés de nombreuses figures et de très-bon style, sont placés sous des arceaux plein cintre décorés d'élégantes arabesques et de petites figures rappelant l'ornementation de l'école d'Albert Durer; sur le chapiteau de l'un des pilastres est un écusson contenant les initiales **J. P.**, qui sont celles de Jean Pénicaud, le plus habile peut-être des artistes de ce nom. Monture en bois avec encadrement de cuivre.

Collection Soltykoff, numéro **262**.

2 — Tableau en émail de Limoges colorié sur paillon, représentant la sainte famille; au-dessus du sujet principal se trouve un groupe d'anges musiciens. Belle composition et beau dessin par Jean Limosin. (Cadre sculpté et doré.)

3 — Deux médaillons ronds en émail de Limoges, colorié et rehaussé d'or. Le Christ et la sainte Vierge par Léonard Limosin.

4 — Tableau en émail de Limoges colorié et rehaussé d'or, représentant saint Christophe portant l'enfant Jésus. par Pierre Rexmond.

5 — Couvercle en émail de Limoges, peint en grisaille teintée, représentant la fuite d'Absalon. A l'intérieur se trouvent des médaillons représentant les attributs des quatre évangélistes.

5 *bis* — Assiette en émail de Limoges, peinte en grisaille sur fond bleu rehaussé d'or, représentant la création de la femme. Au revers, se trouve une tête d'homme lauré.

6 — Tableau en émail de Limoges, colorié et rehaussé d'or, représentant la sainte Vierge, l'enfant Jésus et saint Jean. Bordure ornée d'inscriptions allemandes.

7 — 3 pièces en émail de Limoges : un médaillon et deux saintes faces sur plaques carrées.

8 — Aiguière en émail vénitien, fond bleu à ornements dorés.

9 — Ecu de forme carrée arrondie en argent doré; au centre, un choc de deux chevaliers armés de toutes pièces, en émail colorié. Travail moderne.

Émaux bysantins ; Orfévrerie gothique

10 — Châsse, de forme oblongue avec couvercle à dos d'âne, en cuivre émaillé d'épargne et doré; elle offre, dans des médaillons, de saints personnages et l'agneau pascal. (Collection Soltykoff.)

11 — Châsse, de forme carrée, couvercle à dos d'âne et à crête. Les sujets sont : la crucifixion, le portement de la croix et de saints personnages réservés et dorés sur un fond d'émail bleu.

12 — Petite châsse, de même forme, à saints personnages sur les côtés et à rosaces et à quadrillages en émail de couleur.

13 — Châsse, de forme oblongue, avec couvercle à pans coupés, en cuivre à ornements en émail de couleur et
ornée de médaillons en ivoire sculpté, sujets saints.

14 — Crosse en cuivre battu, gravé et doré. Le centre de le
volute représente le couronnement de la Vierge. Le
nœud orné de six écussons renferme des bustes
d'anges sur fond émail bleu. La douille est ornée de
châtons. (Collection Soltykoff.)

15 — Crosse en cuivre battu, émaillé d'épargne et doré. La
volute représente un serpent à écailles bleues, et contient dans son centre le combat de l'archange Michel.
Le nœud est formé de lézards entrelacés, et la
douille est ornée de fleurs sur fond émail et de trois
lézards appliques.

(Collection Debruge et Soltykoff.)

16 — Crosse en cuivre battu, émaillé d'épargne à fleurons
et doré. Le nœud orné de lézards, et la douille contenant des figures d'anges.

17 — Crosse en cuivre battu, en émail d'épargne et doré. Le
nœud est orné de médaillons sujets saints, et la
douille quadrillée contient des aigles et des fleurons
alternés.

18 — Deux chandeliers d'autel, en cuivre émaillé d'épargne

à couleur sur fond doré, à doubles nœuds à la tige, et bossettes d'appliques sur les trois faces du pied.

19 — Chandelier à pied de forme hexagonale, en cuivre battu, émaillé d'épargne en couleur sur fond doré, cantonné de six blasons et de six médaillons à bustes.

20 — Petit chandelier à pied de forme hexagonale, en cuivre émaillé d'épargne, orné de blasons cantonnés.

21 — Petit chandelier en cuivre, émaillé d'épargne en couleur; le piédouche est orné de blasons.

22 — Chandelier en cuivre gravé et à pied triangulaire, formé d'animaux chimériques. La tige ornée de deux nœuds et plateau à lézards.

23 — Petit chandelier en cuivre gravé, formé d'un animal chimérique, supportant une tour carrée à créneaux.

24 — Croix en cristal de roche, au centre se trouvent deux médaillons en émail translucide sur argent; elle est posée sur un socle, de forme oblongue et à dôme, enrichi de cristaux de roche et écoinçons en émail. Le tout est supporté par quatre figurines de saints, en argent repoussé et doré.

(Collection Fould.)

25 — Reliquaire de forme ovoïde aplatie en cuivre doré, orné de pierreries. Il contient, à l'intérieur, deux

anges qui soutiennent une croix ouvrante surmontée d'un médaillon à inscription. Le piédouche, orné de blasons et d'inscriptions, porte la date de 1588.

26 — Pied de reliquaire de forme hexagonale, en cuivre doré, orné de quadrilobes, contenant des émaux d'épargne à feuillages ; une inscription nous dit que cette pièce supportait une statuette de sainte Madeleine.

(Collection Soltykoff.)

27 — Navette à encens, en cuivre gravé et doré, à émail d'épargne bleu ; le couvercle est orné de bossettes figurant des lézards et de chatons ayant contenu des pierres.

28 — Deux platines détachées d'une châsse, en cuivre gravé, à émail d'épargne et doré. Elles représentent saint Simon et saint Jean, assis dans des chaires. Les figures sont repoussées en haut relief et ornées de turquoises.

(Collection Soltykoff.)

29 — Fermail de chappe, quadrilobé, en cuivre doré et émail d'épargne, à brisure verticale. Le champ représente un ange et la sainte Vierge (L'Annonciation.)

(Collection Soltykoff.)

30 — Croix en cuivre doré et émaillé d'épargne, orné d'un Christ en bas-relief doré.

31 — Croix en cuivre doré, à émail d'épargne. Christ en bas-relief en cuivre gravé.

(Collection Soltykoff.)

32 — Deux fermails, de forme multilobe, en cuivre gravé et doré, contenant, au centre, des animaux chimériques sur fond d'émail bleu.

33 — Deux colonnettes en cuivre doré, émaillé d'épargne, présentant des quadrillages et fleurons, sur socles en jaune antique, ornés de plaques en lapis-lazuli.

34 — Figure en cuivre repoussé, gravé et doré : sainte Vierge tenant l'enfant Jésus sur ses genoux. La couronne et le bas de la robe sont ornés d'émaux imitant les turquoises.

35 — Custode en cuivre gravé et émaillé en couleurs.

36 — Autre custode en cuivre gravé et orné de chatons contenant des pierreries.

37 — Platine provenant d'une châsse en cuivre gravé, doré et émaillé en couleurs.

38 — Modèle de berceau en cuivre repercé à jour et doré, ayant servi de reliquaire.

39 — Couverture de livre en argent repoussé composée d'animaux chimériques.

40 — Deux bassins en cuivre gravé et émaillé en couleurs, contenant des médaillons quadrilobés à sujets de sainteté.

41 — Seize pièces en cuivre gravé et émaillé, de différentes formes et provenances. Ce lot sera divisé.

42 — Deux agraffes de chappe en argent doré, ornées de bossettes et ornements en relief, enrichies de turquoises.

43 — Deux autres en argent doré et à bossettes.

44 — Chef en cuivre repoussé et doré à yeux et collier émaillés, représentant une figure de moine.

45 — Fragments d'ostensoir, représentant une église à tourelles.

46 — Pied d'ostensoir de forme carrée, orné d'émaux, de têtes de chérubins et pierreries.

47 — Ostensoir en cuivre repoussé et doré, à têtes de chérubins.

48 — Deux pièces : un lion couché et un pied d'ostensoir.

49 — Deux petites sphères et cuivre gravé et ornements, dont une à lampe.

50 — Châsse à couvercle à dôme, recouverte de plaques en
cuivre gravé.

Sculptures en ivoire

51 — Tablette de forme carrée, en ivoire sculpté, travail du
douzième siècle, représentant la Crucifixion, et dans
le champ deux médaillons à sujets saints, surmontés
de deux sujets représentant: l'un la Délivrance des
âmes du purgatoire, et l'autre l'Annonciation (Pièce
très-rare).

52 — Diptyque en ivoire sculpté à bas-relief, divisé en quatre
compartiments représentant : la Fuite en Egypte, la
Résurrection de Lazare, la Crucifixion et la Mise au
Tombeau. Ces sujets sont ornés d'un grand nombre
de figures d'une jolie composition et surmontés d'arceaux de style ogival. Travail du quatorzième siècle
(Collection Soltykoff.)

53. — Diptyque en ivoire sculpté à bas-reliefs : sur un des
volets est représenté la Nativité; sur l'autre, la Crucifixion et les Saintes Femmes, sous des arceaux de
style ogival. — Travail de la fin du quatorzième
siècle (Colection Soltykoff, 249.)

54 — Poliptyque en ivoire sculpté : au centre, la sainte
Vierge et l'enfant Jésus, sous un portique surmonté
de tourelles et supporté par des colonnes détachées,

de style roman, fermé par quatre volets ornés de
deux figures d'évangélistes. — Travail du quatorzième siècle.

55 — Triptyque grande dimension, en ivoire sculpté, à bas-
reliefs. Au centre, la sainte Vierge et l'enfant Jésus,
et sur les deux volets des saints personnages sous des
arceaux plein cintre. Au bas se trouvent la crèche
et des animaux chimériques, et, dans le haut, un bla-
son épiscopal soutenu par des génies ailés et des
fleurs de lys.

56 — Volet de diptyque en ivoire sulpté, à bas-reliefs représentant la Résurrection. Au bas du tombeau, des
soldats romains en costume du quatorzième siècle.

57 — Volet de diptyque en ivoire sculpté, à bas-relief, représentant la Crucifixion et les Saintes Femmes.

58 — Volet de diptyque, même sujet que le précédent.

59 — Petit volet de diptyque en ivoire sculpté, représentant
saint Paul sous une arcade ogivale.

60 — Beau cadre en ivoire sculpté et repercé à jour, orné de
bas-reliefs représentant un Concert et une Chasse au
faucon dans des entrelacs de feuilles de vigne. Ce cadre contient une miniature qui provient d'un manuscrit du quatorzième siècle et qui représentait le Père
éternel entouré de saints personnages et d'anges.

61 — Miroir en ivoire sculpté, à bas-relief, de forme ronde, représentant un sujet galant. Travail du quatorzième siècle. (Collection Soltykoff.)

62 — Peigne en ivoire sculpté, à bas-reliefs, représentant des deux côtés des scènes tirées de romans de chevalerie. Travail de la fin du quatorzième siècle.

63 — Peigne en ivoire sculpté, à bas-reliefs, orné de chaque côté de trois sujets tirés de la vie du Christ.

64 — Saint personnage prêchant entouré d'un grand nombre d'auditeurs assis.

65 — Groupe en ivoire sculpté, de ronde bosse. Sainte Vierge assise tenant l'Enfant Jésus sur ses genoux. Travail allemand du quinzième siècle.

66 — Groupe en ivoire sculpté, de ronde bosse. Sainte Vierge assise tenant l'Enfant Jésus debout sur ses genoux. Travail allemand du quinzième siècle.

67 — Groupe en ivoire sculpté, de ronde bosse. Diane chasseresse debout, entourée de ses chiens, posée sur un rocher autour duquel un chasseur à l'affût tire des lièvres. Travail allemand du quinzième siècle.

68 — Groupe en ivoire sculpté : Sainte Vierge debout tenant l'Enfant Jésus dans ses bras. Travail allemand du seizième siècle.

69 — Sculpture de ronde bosse, représentant l'Assomption de la Vierge, en ivoire, supporté par un groupe d'anges et de chérubins en bois sculpté. Travail de la fin du dix-septième siècle.

70 — Poignard à poignée en ivoire sculpté, à bas-relief, représentant une chasse à l'arc, aux oiseaux, orné de nombreuses figurines. Travail curieux du quatorzième siècle.

71 — Pomme de canne en ivoire sculpté en ronde bosse, représentant un groupe d'enfants ayant déniché des oiseaux dans des roseaux.

72 — Six beaux manches de couteaux, sculptés en relief sur ivoire. Belle composition d'animaux à la chasse dans des rochers.

73 — Six autres manches de couteaux en ivoire sculpté, à bas-reliefs. Composition bizarre d'enroulement d'animaux.

74 — Joli petit buste d'homme couronné de lauriers en ivoire sculpté, de ronde bosse.

75 — Deux pièces en ivoire sculpté de ronde bosse; manche de couteau représentant Hébé debout, et un bras provenant d'un Christ.

76 — Grand bâton en ivoire, entièrement gravé, représen-

tant des sujets saints et des sujets profanes, chocs de cavalerie, chasses, etc. Travail très-fin du temps de Louis XIII.

77 — Groupe en ivoire sculpté en haut relief, femme et enfants satyres. Beau travail de François Duquesnoy, dit le Flamand, appliqué dans un cadre à moulures en bois noir.

78 — Moitié de cippe en ivoire sculpté en bas-relief, représentant un sacrifice : béliers conduits par des enfants; dans un cadre en bois noir.

79 — Tableau sculpté en haut relief, saint Jérôme assis, tenant le Christ; à ses pieds est un lion couché. Joli travail du seizième siècle. Cadre en bois noir.

80 — Groupe en haut relief, représentant les rois mages, en ivoire sculpté appliqué sur fond noir et encadré.

81 — Tableau sculpté en haut relief, représentant Daphnis et Chloé assis; bordure en bois noir.

82 — Tableau en ivoire sculpté, en bas-relief, représentant la Charité romaine. Beau travail du dix-huitième siècle, bordure en bois noir.

83 — Un mortier en ivoire, à frise sculptée, en bas-relief. Animaux dans des rinceaux.

84 — Dessus de table en ivoire sculpté, en bas relief; fleurs et oiseaux. Travail de l'Inde.

85 — Coffret carré, en ivoire, à médaillons sculptés, en bas-relief, représentant des figures chimériques et des mascarons avec enroulements de rinceaux, encadrés d'ivoire gravé à feuillages. Travail du temps de Louis XIII.

86 — Petit coffret carré, en ivoire, à charnières et attaches en cuivre doré.

87 — Boîte oblongue, en ivoire, formant encrier, supportant une autre boîte à pans coupés ; les garnitures sont en cuivre gravé et doré. Travail du seizième siècle.

88 — Six pièces en ivoire : couronnes et blasons à supports de lions, sculptés en haut relief.

89 — Un chausse-pied en corne, gravé à médaillon à fleurs et feuillages.

90 — Cinq boussoles en ivoire gravé, époque Louis XIII. Ce lot sera divisé.

Sculptures en bois

91 — Triptyque en bois sculpté, orné de quarante-cinq petits bas-reliefs représentant des sujets saints tirés de

la Vie du Christ et des Apôtres. L'encadrement des bas-reliefs est en filigrane d'argent doré.

92 — Deux cadres octogones en bois, surmontés de frontons sculptés en bas-relief. Sur l'un, Vénus et l'Amour ; sur l'autre, sujet bachique. Les écoinçons du fronton sont ornés de bustes et de deux vases Médicis en ivoire sculpté. Ces cadres contiennent quatre petites miniatures à l'huile, portraits de femme.

93 — Deux tableaux sculptés en bas-relief, sur bois : Neptune et Vénus, traînés dans des chars attelés de colombes et de chevaux marins.

94 — Sculpture en ronde-bosse : la Résurrection, et saints personnages sous un portique de forme ogivale, soutenu par des colonnettes.

95 — Sainte femme debout, sculpture en ronde bosse, en buis.

96 — Coffret de forme oblongue, en bois, à dessins à enroulements, sculptés et repercés à jour. Joli travail du quinzième siècle.

97 — Cassette de forme oblongue, en bois d'alizier sculpté, à bas-reliefs, à animaux encadrés de rinceaux, garni en fer ouvré (Collection. Soltykoff).

98 — Autre cassette de même genre, en bois, garnie de

cuivre. Le dessus représente une allégorie galante, avec devise sur listel. Les parois sont ornées de devises. (Collection Soltykoff).

99 — Autre cassette en bois sculpté, à bas-relief, ornée d'animaux chimériques.

100 — Grand coffret, en bois, orné de ferrures de style gothique.

101 — Très-grand reliquaire, de forme oblongue, couvercle à dos d'âne et crète à fleurons, surmonté d'une croix et de deux anges agenouillés ; orné sur toutes ses faces de figurines scuptées en bas-relief, représentant les douze Apôtres, avec inscription. Cette pièce conserve encore des traces de dorure.

102 — Deux statuettes en bois sculpté, peint et doré.

103 — Bas-relief en bois sculpté. Sujet romain.

104 — Trois montants en bois sculpté, ornés de figurines, dans des rinceaux provenant de meubles.

105 — Triptyque de forme ogivale. Le centre contient un bas-relief en bois sculpté, réprésentant Jésus devant Pilate. Les deux volets sont ornés de deux sujets de sainteté, peints à l'huile.

DEUXIÈME VACATION

Le mardi 11 mars 1862

Bronzes antiques et florentins

106 — **Bronze antique.** — Statuette de Génie courant, d'un très-grand style et d'une belle patine; yeux en argent. Hauteur 43 centimètres.

107 — **Bronze antique.** — Buste d'enfant, grandeur nature, d'une belle patine. (Collection Fould.)

108 — **Bronze antique.** — Figurine : Hercule debout s'appuyant sur un bouclier; trouvée dans la Marne.

109 — **Bronze antique.** — Deux miroirs; au revers, des sujets gravés au trait.

110 — **Bronze antique.** — Aiguière à grosse panse, goulot à trèfle, et anse se terminant par un mascaron.

111 — Bronzes antiques. — Deux vases à anses.

112 — Bronze antique. — Huit pièces : Casque, plateau de balance, anses, etc. Seront vendus par lots.

113 — Bronze antique. — Quatre pièces : deux divinités égyptiennes, une clef et un loup.

114 — Bronzes florentins. — 2 statuettes, Diane chasseresse et la Vénus au Dauphin.

115 — Bronzes florentins. — Deux figurines de femme couchées, sur socles en bois garni de bronzes ciselés.

116 — Bronze florentin. — Vénus sortant du bain. Imitation de l'antique.

117 — Bronze florentin. — Le bœuf Apis.

118 — Petit vase mérovingien, à crêtes sur la panse.

119 — Deux pièces : manche de couteau à tête casquée et mascarons et une petite figure de saint vu à mi-corps.

120 — Deux pièces : mascarons.

Serrurerie

121 — Serrure en fer poli et ciselé exécutée dans le siècle dernier pour un roi d'Espagne, comme l'indiquent le lion de Léon, le château de Castille, les fleurs de lis

de Bourbon et les couronnes royales qui figurent dans l'ornementation. L'auteur de ce remarquable ouvrage est un Français nommé Jean Dutartre. Hauteur 17 centimètres, largeur 29 centimètres. La clef, richement ciselée, est surmontée d'une couronne fermée, posée au dessus d'un château que supportent deux lions héraldiques. On lit en lettres d'or deux fois répétées : *Vive le roi.* Hauteur de la clef, 13 centimètres.

Le cache-entrée de serrure est formé de deux lions héraldiques soutenant un écusson. (Collection Fould.)

122 — Serrure en fer à ornements repercés à jour. Époque Louis XIII.

123 — Fragments de coffret : trois pièces en fer à fleurs et mascarons repercés à jour et gravés. Époque Louis XIII.

124 — Heurtoir en fer forgé et ciselé, composé de deux serpents enroulés. Époque Louis XIII.

125 — Deux pièces provenant d'une serrure en fer à ornements dorés.

126 — Deux pièces : une étoile en fer à ornements gravés et dorés et un bas-relief; la famille de Darius devant Alexandre.

127 — Trois manches de couteau en fer à jeux d'enfants, en bas-relief.

128 — Un manche de couteau en fer forgé, représentant une
cariatide de femme.

129 — Deux pièces : canif et grattoir à lames gravées et dorées,
et à longs manches en ivoire. Seizième siècle.

Armes offensives et défensives

130 — Beau pistolet à rouet, à canon et garniture en acier,
damasquiné or et argent, à figurines, animaux, etc.:
le bois est enrichi de beaux ornements à figurines et
feuillages en argent incrusté, par Jacques de Goulet.

131 — Deux pistolets à silex, le bois entièrement recouvert
d'argent repoussé et doré. Travail albanais.

132 — Deux pistolets à rouet.

133 — Deux fusils japonais à mèche.

134 — Épée d'estoc, garde à trois branches et coquille repercée à jour.

135 — Épée de cour en acier damasquiné argent. Époque
Louis XIII.

136 — Épée de cour en acier, à ornements rocaille et fleurs
ciselés en relief, sur fond damasquiné or. Époque
Louis XV.

137 — Épée de cour en bronze du Tonquin, à ornements ciselés en relief et dorés sur fond noir.

138 — Sabre japonais à fourreau laqué.

139 — Couteau de chasse à poignée en ivoire sculpté à bas-
relief et teint en noir, enroulement d'animaux et
fourreau en velours garni d'argent repoussé et doré.

140 — Deux pièces : lame d'épée de Tolède et couteau de
chasse à poignée, ivoire sculpté, enroulement d'animaux.

141 — Arbalète d'une forme très-élégante, en bois richement
garni d'ornements, en acier damasquiné or.

142 — Masse d'armes en fer à sept oreillons.

143 — Masse d'armes à six oreillons, en bronze, à ornements
ciselés en relief et dorés.

144 — Poire à poudre de forme ronde, en bois sculpté, à bas-
relief; choc de cavalerie, époque Louis XIII.

145 — Poire à poudre, de forme ronde, en bois, à cloutage
d'ivoire et à huit bas-reliefs en étain, par Briot. —
Travail suisse.

146 — Amorçoire en corne de cerf gravée, à figurines et ornements.

147 — Olifant en corne de bœuf, garni en argent ciselé.

148 — Hache d'armes des Indiens de l'Amérique du Sud, à
    hampe sculptée et repercée à jour.

149 — Etrier en bronze, à bas-reliefs, aux armes fleurdelisées,
    au chiffre de Henri IV et à trophées d'armes.

150 — Joli pommeau d'épée en acier ciselé en relief et re-
    percé à jour; choc de cavalerie.

151 — Bout de fourreau en argent repoussé.

152 — Joli casque à visière et à crête, entièrément recouvert
    de fleurons, figures et ornements gravés, époque de
    Henri II.

153 — Casque uni à visière et bombe à côtes, quinzième
    siècle.

154 — Casque salade, à bandes gravées à trophées d'armes.

155 — Un autre semblable.

156 — Hausse-col complet, en fer gravé à ornements et doré.
    époque Louis XIII.

157 — Colletin en fer gravé à ornements et doré en partie.

158 — Hallebarde, porte-étendard, à col de dragon, hampe à
cloutage.

159 — Trident japonais à hampe laquée et burgautée.

160 — Trois hallebardes et lances.

161 — Armure de chevalier d'une forme élégante, unie et à
cloutages, casque à visière, bombe à crête et peinte
en noir.

162 — Armure de chevalier, unie, casque à visière et à crête.

163 — Armure circassienne, à mailles rivées, casque à bombe
et garniture de l'armure en damas damasquiné or.

164 — Armure japonnaise en fer laqué, casque représentant
un masque chimérique.

165 — Une autre semblable.

166 — Rondache en corne de rhinocéros, ornée de bossettes
et croissant en cuivre doré.

167 — Une autre semblable.

168 — Trois cottes de mailles rivées. Seront vendues séparément.

Faïences diverses et Objets variés

169 — Plat ovale à reptiles, en faïence de Bernard Palissy.

170 — Autre plat ovale à salières, par Bernard Palissy.

171 — Coupe ronde à ornements à bossettes et repercée à jour.

172 — Coupe ronde en faïence d'Urbino, représentant l'Enlèvement de Proserpine par Pluton.

173 — Plat rond en faïence de Castel Durante; sujets de personnages : libération d'esclaves.

174 — Plat rond et creux en faïence de La Frata : sujet de chasse.

175 — Médaillon rond en faïence d'Urbino, représentant le veau d'or.

176 — Coupe ronde en faïence d'Urbino, contenant au centre un buste de femme et cette inscription : Antonia Bella, sur un listel.

177 — Coupe ronde et à lobes, émaillée de fleurs de couleurs variées ; au centre, un buste de jeune homme.

178 — Coupe ronde sur piédouche, à ornements quadrillés,
contenant des fleurons de couleurs variées ; au
centre, un médaillon d'amour.

179 — Plat gravé extérieurement et intérieurement et décoré
de couleurs variées. Faïence de Beauvais.

180 — Bassin de faïence hispano-arabe, à ornements de couleur métallique sur fond jaune.

181 — Deux cornets en faïence italienne à médaillons amours
et trophées d'armes, émaillés de couleurs variées.

182 — Cornet de faïence d'Urbino, à médaillons buste
d'homme casqué, trophée d'armes et rinceaux.

183 — Petit cornet en faïence italienne orné de rinceaux.

184 — Grand vase de forme cylindrique en terre de Munich,
orné de bas-reliefs, figurines et blasons et émaillé
jaune.

185 — Cruche à une anse en terre de Munich, fond gris gaufré et ornements émaillés.

186 — Cruche de forme cylindrique et à une anse en grès de
Flandre, ornée de neuf médaillons à blasons en
relief.

187 — Cruche cylindrique à une anse en grès de Flandre
gris, ornée de trois blasons en relief ; couvercle en
argent.

188 — Six vases grecs peints. Seront vendus séparément.

189 — Six pièces verres antiques : vases, coupes, etc. Seront
vendues séparément.

190 — Objets antiques en verre et en matières diverses, tels
que : boules, olives, fragments de vases, etc. Ce lot
sera divisé.

191 — Dix-sept sceaux de différentes époques, parmi lesquels
on en remarquera un en argent provenant de la
collection Soltykoff et décrit comme suit au n° 1063
du catalogue : s. FABRICATORUM AVTWERPIENSIS. Au
centre, l'évêque donnant la bénédiction; à droite,
l'écu de Bourgogne; à gauche, celui de l'évêque
qui représente une porte de ville surmontée de deux
crosses. Moyen sceau de forme circulaire en argent.
Quinzième siècle.

Ce lot sera divisé.

TROISIÈME VACATION

Le mercredi 11 mars 1862

Manuscrits, Livres et Gravures

192 — Grand missel in-folio, du quinzième siècle, enrichi de lettres majuscules, à miniatures ornementées. Reliure du temps, en cuir gaufré.

193 — Missel du quinzième siècle, in-4°, orné de quatorze miniatures, lettres majuscules et marges.

194 — Missel du quinzième siècle, manuscrit in-8°, orné de nombreuses miniatures et de beaux encadrements.

195 — Belle édition illustrée in-4°, de Notre-Dame de Paris, par Victor Hugo; dans une magnifique reliure en argent ciselé, gravé, niellé et doré, exécutée par Wagner.

196 — Soixante-onze dessins coloriés, ayant servi sous Charles IX aux costumiers chargés d'habiller les hauts personnages qui devaient figurer dans une fête qui eut lieu à Fontainebleau en 1572, et donnée par Catherine de Médicis. Ce lot pourra être divisé.

197 — Reliure in-folio, contenant trente-cinq estampes de souverains et reines de différents pays, en costumes des quatorzième et quinzième siècles, et dans de beaux encadrements à blasons et à trophées d'armes.

198 — Généalogie des ducs et duchesses de Brabant, ainsi que de l'empereur Charles-Quint et de Philippe, roi d'Espagne, imprimé en l'an 1565, à Anvers, par Jean Mollyns, et contenant les images des souverains en gravure sur bois.

199 — Plain-chant, grand manuscrit in-folio, avec sa reliure du temps, écoinçons et rosaces en cuivre repoussé.

Bijouterie et Orfévrerie

200 — Taureau en argent doré, formant vase à boire. (Collection Soltykoff, n° 926.)

201 — Coupe ronde et sur piédouche, en argent repoussé et doré, à têtes de chérubins, guirlandes de fruits et ornements; époque Louis XIII.

202 — Vase en coco monté à gorge, piédouche et couvercle
en argent gravé et doré, ornements à rinceaux, et
date de 1580.

203 — Tableau carré, figure du Christ, recouvert d'une
plaque en argent repoussé, à beaux ornements.
Travail russe.

204 — Pied d'ostensoir, de forme carrée, enrichi de beaux
ornements ciselés, en doublé d'argent sur cuivre et
doré.

205 — Lorgnette en or, à ornements à chaînettes et bandes
de lauriers, ciselés sur or vert alternant avec des
bandes de verre bleu; époque Louis XVI.

(Collection Fould.)

206 — Tabatière ovale en or, à ornements gravés, enrichie
de deux plaques en écaille, piquée d'or.

207 — Tabatière ovale en écaille, contenant le portrait de
l'empereur Napoléon Ier, dans un double fond.

208 — Tabatière ovale en porcelaine, fond gros bleu et médaillon doré.

209 — Tabatière ronde, ornée de médaillons peints, sujets
divers recouverts d'écaille blonde; le couvercle est
orné d'une miniature, peinte en grisaille, représentant l'Amour domptant la Force.

210 — Drageoir ovale en argent; le couvercle est garni d'une plaque en nacre de perle, ornée de figurines et ornements en or, en relief et ciselé.

211 — Drageoir, de forme carrée, en argent; le couvercle à médaillons et ornements, ciselés en relief, contenant à l'intérieur une miniature, sujet de conversation.

212 — Boîte de forme sphérique aplatie, en poirier sculpté en bas-relief, ornée de médaillons, têtes de souverains alternés de figures chimériques.

213 — Montre en or, à cuvette en jaspe, accompagnée de sa chaîne et de ses breloques en or.

214 — Guitare en or, émaillée d'ornements et de couleurs variées.

215 — Petit couvert en argent, émaillé gros bleu, à fleurs et ornements réservés en blanc; époque Louis XIII.

216 — Épingle d'homme, ornée d'une miniature entourée de jargons.

217 — Six bagues en or, dont une à miniature sur émail, entourée de roses, les autres contenant des pierres gravées en intaille. Seront vendues séparément.

218 — Petit grattoir en or, orné de perles fines.

219 — Onze pierres diverses, gravées en intaille, seront vendues par lots.

220 — Quatre pièces : Deux intailles sur agate, une cornaline gravée, deux bustes d'empereurs et un petit
cylindre persépolitain. Ce lot sera divisé.

221 — Deux flacons en verre rubis à bouchons en argent
doré.

Émaux et Miniatures

222 — Grande peinture ovale émaillée sur or, Sainte Famille, signé au revers D. André. Cadre en argent
ciselé et doré.

223 — Peinture sur émail, sainte Madeleine. Cadre ovale en
bronze rocaille doré.

224 — Email peint en grisaille par Demailly, Pêcheurs, d'a-
près Vernet.

225 — Peinture sur émail en grisaille, Femme assise écri-
vant sur une tablette soutenue par des amours.

226 — Six émaux ovales, sujets divers. Ce lot sera divisé.

227 — Six peintures sur émail, Portraits et sujets.

228 — Quatre miniatures portraits de femmes et d'enfants.

229 — Miniature peinte en grisaille teintée, conversation, genre Klinstet.

230 — Miniature ovale, Bacchante et Satyre, peinture en grisaille sur fond en verre cornaline.

231 — Tableau de forme octogone, portrait de femme; dans une riche bordure à moulures en ébène et à émaux translucides de couleurs variées, fleurs et oiseaux sur bandes en argent et cuivre doré.

Matières précieuses

232 — Jade verdâtre. Vase de forme aplatie et à côtes, à deux anses repercées à jour.

233 — Jade vert. Deux flambeaux en jade vert, formés par des cygnes aux ailes déployées, sur socles ronds en bois sculpté et repercé à jour.

234 — Cornaline orientale. Deux petits animaux chimériques accroupis, gravés et repercés à jour. Travail chinois.

235 — Cristal de roche. Plateau ovale taillé à côtes, monté en cuivre doré.

236 — Cristal de roche. Trois pièces, boule, cuvette, etc.

237 — Ambre. Huit morceaux d'ambre brut.

238 — Cornaline orientale. Deux pièces : un poussah assis et
une agrafe de ceinture gravée. Travail chinois.

239 — Pierre de lard. Deux belles figurines de mandarins
assis sur des rochers.

Objets divers

240 — Grand vase rond et à couvercle à dôme, en cuivre
jaune, orné d'inscriptions arabes gravées.

241 — Vase de forme cylindrique et à gorge, en cuivre jaune,
orné d'inscriptions arabes.

242 — Boîte de forme oblongue, formant écritoire, en cuivre
jaune, ornée de médaillons et d'inscriptions arabes.

Cette pièce a appartenu au sultan Mohammed, an
de J. C. 1294.

(Collection Fould.)

243 — Coupe ronde en cuivre jaune, ornée de médaillons
à figures et inscriptions arabes, à filets incrustés
d'argent.

244 — Cippe en cuivre jaune, orné de médaillons et d'inscriptions arabes.

245 — Grand vase à anse et sur trois pieds, en bronze, orné de deux bandes à fleurs de lys. Millésime de 1691.

246 — Grand mortier, la panse ornée de quatre médaillons sujets saints et à frises ornées de bas-reliefs.

247 — Quatre médaillons ronds en étain, par Briot, ornés de sujets divers. Ce lot sera divisé.

248 — Vase en fer uni à long goulot et à deux anses droites.

249 — Plaque carrée en cuivre repoussé, ciselé et doré représentant un vase contenant des fleurs.

250 — Quatre bordures ovales pour miniatures en bronze ciselé et doré.

251 — Mosaïque ronde de Rome : ruines et animaux.

252 — Petit cabinet en écaille rouge, orné de médaillons et d'écoinçons en cuivre émaillé et contenant des tiroirs à l'intérieur. Epoque Louis XIII.

253 — Grande canne torse plaquée d'écaille.

254 — Quatre éventails en nacre de perle et en ivoire sculpté, ornés de jolies feuilles. Seront vendus séparément.

255 — Deux petites bordures carrées en marqueterie des trois parties.

256 — Ecritoire de forme carrée en marqueterie. Genre Boule.

257 — Email cloisonné : Deux petits cornets décorés sur fond bleu turquoise.

258 — Émail cloisonné : petit vase à long col émaillé de fleurs sur fond bleu turquoise.

259 — Émail cloisonné : étui à lunettes, de forme oblongue, émaillé à ornements sur fond bleu turquoise.

260 — Émail cloisonné : petite coupe ronde émaillée de fleurs sur fond bleu turquoise.

261 — Cinq tasses en laque burgauté du Japon, sur fond noir.

262 — Jeu d'échecs en ivoire sculpté, dans sa boîte à damier laqué. Travail de Chine.

263 — Laque de Coromandel : deux pièces provenant d'une pagode en relief et couleurs variées.

QUATRIÈME VACATION

Porcelaines

264 — Deux grands et beaux vases, forme lisbe aplatie et à
côtes, à médaillons; sujets chinois, montés à anses et
socles en bronze doré.

265 — Deux vases porcelaine de Chine, à médaillons mandarins, montés en candélabres à six branches de lys,
en bronze doré.

266 — Deux vases de forme hexagone, en porcelaine de Chine,
ornés de fleurs et oiseaux émaillés, montés en lampe
et en bronze doré.

267 — Deux vases, de forme aplatie et à anses, fond gris et
chagriné, et médaillons camaïeu bleu.

268 — Vase de forme cylindrique, en ancienne porcelaine de Chine, fond blanc, et groupes de personnages émaillés.

269 — Vase de forme cylindrique en ancienne porcelaine de Chine, fond blanc et à beaux médaillons émaillés de couleurs variées.

270 — Trois potiches en ancienne porcelaine de Chine, à médaillons, à mandarins émaillés.

271 — Deux potiches en ancienne porcelaine de Chine, fond blanc et à mandarins émaillés.

272 — Deux vases en ancienne porcelaine de Chine, de forme carrée, à fleurs émaillées de couleurs variées.

273 — Vase en porcelaine de Chine, forme balustre et craquelée sur fond gris.

274 — Vase de forme ovoïde, en porcelaine de Chine craquelée sur fond gris.

275 — Deux grands vases à mandarins, en porcelaine de Chine émaillée.

276 — Vase de forme balustre à fleurs émaillées bleu, en ancienne porcelaine de Chine craquelée, sur fond gris.

277 — Vase à grosse panse, en porcelaine craquelée, de Chine.

278 — Vase de forme ovoïde, en porcelaine craquelée jaune, de Chine.

279 — Grande aiguière en porcelaine jaspée, de Chine.

280 — Vase de forme allongée, en céladon, gravé sous émail et craquelé.

281 — Deux beaux vases en ancienne porcelaine craquelée, de Chine, ornés de grecques et à anses têtes de lion.

282 — Deux grands vases en porcelaine craquelée, de Chine, ornés de fleurs et de rubans bleus.

283 — Deux coupes à trépieds, en céladon craquelé, de Chine.

284 — Joli vase de forme hexagone aplatie, en ancien céladon turquoise.

285 — Deux petits lions accroupis, en porcelaine de Chine, montés en candélabres bronze doré.

286 — Grand vase de forme cylindrique, en porcelaine du Japon, orné de Tartares décorés en bleu.

287 — Grand vase en porcelaine de Chine, anses à muffles de lion, fond blanc et fleurs émaillées.

288 — Lanterne de forme carrée, en porcelaine de Chine émaillée et à ornements à jour.

289 — Belle garniture de cinq pièces : vases et cornets de forme élégante, en porcelaine du Japon, fond blanc et décor bleu.

290 — Deux petites jardinières rondes, fond blanc et décor bleu.

291 — Grande potiche en ancienne porcelaine de Chine, fond blanc, à mandarins et à fleurs émaillés.

292 — Deux grands plats ronds et creux, en porcelaine du Japon, décor bleu, rouge et or.

293 — Deux autres plus petits.

294 — Deux autres plus petits.

295 — Deux belles assiettes en porcelaine, dite mousseline ; l'intérieur fond blanc et à paysages, et l'extérieur fond rouge.

296 — Petite bouteille de forme sphérique, en porcelaine de Chine émaillée.

297 — Bol en ancienne porcelaine de Chine craquelée.

298 — Un autre plus petit.

299 — Six plateaux ronds et creux, en porcelaine craquelée de la Chine, seront vendus par paires.

300 — Cinq plateaux ronds en céladon gaufré, de Chine.

301 — Trois coupes et leurs soucoupes en porcelaine craquelée, de Chine.

302 — Cabaret composé de cinq pièces, fond bleu turquoise
et à œil de perdrix, en Sèvres, pâte tendre.

303 — Un autre, composé de cinq pièces, fond blanc, en porcelaine de Sèvres, pâte tendre.

304 — Un sucrier et quatre tasses avec leurs soucoupes. Fa-
brication française.

305 — Tasse en porcelaine de Sèvres, pâte tendre, fond bleu.

306 — Tasse, forme droite, en ancien Sèvres, pâte tendre, décorée de fleurs et à médaillons.

307 — Soupière et son plateau, en porcelaine de Saxe, à
fleurs en relief.

308 — Vase de forme ovoïde et à piédouche, en porcelaine
dure, fond blanc, décorée à rubans et festons de
fleurs, genre Sèvres.

309 — Deux médaillons ronds, peintures sur porcelaine.
Paysages.

Sculptures en marbre

310 — Grand bas-relief carré, en marbre blanc sculpté : enfants et chèvres.

311 — Grand médaillon ovale, en marbre blanc sculpté ; buste de Louis XIV jeune ; dans un beau cadre en bois sculpté et doré.

312 — Deux autres grands médaillons ovales en marbre blanc sculpté, portraits d'homme et de femme. Époque Louis XIV ; dans des cadres en bois sculpté et doré.

313 — Deux statues, grandeur nature, en marbre blanc sculpté : jeune fille et jeune garçon, figurant la terre et l'eau ; attribuées à François Duquesnoy, dit le Flamand.

314 — Deux petits bustes, jeune fillle et garçon en marbre blanc sculpté.

315 — Deux bustes : Hercule et Omphale en marbre noir sculpté.

316 — Presse-papier : formé par un livre supportant une tête de mort et deux osselets en marbre blanc sculpté.

317 — Grand vase de forme cylindrique en porphyre rouge
oriental.

318 — Deux petits obélisques en porphyre rouge oriental,
montés à aigles en bronze doré.

Bronzes meublants

319 — Grande pendule astronomique, modèle Temple; la
frise soutenue par des Termes.

320 — Grande pendule en marbre blanc, ornée d'une figure
de femme lisant et de bas-reliefs et ornements divers
en bronze doré au mat. Époque Louis XVI.

321 — Pendule en bronze doré ornée de figurines et d'attributs. Époque Louis XVI.

322 — Pendule en bronze doré; Vénus couchée et amours
soutenant une draperie.

323 — Belle pendule et candélabres, époque Louis XVI, en
marbre blanc et bronze doré. La pendule ornée de
deux enfants satyres et trophées de musique. Les
candélabres à figures d'enfants ailés soutenant des
bouquets de fleurs.

324 — Pendule à deux cadrans marquant les quantième et

jour de la semaine, supportée par un ornement en
forme de croissant en émail gros bleu et à étoiles
d'or ; socle en marbre blanc orné de bronzes dorés.

325 — Pendule en marqueterie de Boule, grand modèle,
forme droite, et sa console, garnie de beaux ornements en bronze.

326 — Pendule de moyenne dimension, de forme cintrée, en
marqueterie de Boule, richement garnie de bronzes
dorés, mouvement à tirage.

327 — Pendule, modèle à cage, en marqueterie de Boule,
ornée de bronzes.

328 — Pendule, dite religieuse, à pilastres et à tablier en
écaille de Chine et garnie de bronzes.

329 — Pendule cartel, modèle rocaille, et son socle, en bronze
ciselé et doré.

330 — Cartel, modèle rocaille, en bronze doré, orné de fleurs
et d'une figure d'enfant.

331 — Cartel en bronze doré, à mascarons, festons de lauriers, etc. Époque Louis XVI.

332 — Candélabres formés de deux vases en verre bleu, ornés
de festons, de lauriers, et montés en bronze doré à
bouquets de lys.

333 — Candélabres en forme de petits vases sur socles, et à
bouquets de lys. Travail moderne.

334 — Trois paires de flambeaux de différentes dimensions.
Seront vendues séparément.

Meubles

335 — Crédence, à angles coupés, à panneaux et portes à ornements fleuris repercés à jour.

336 — Grande bibliothèque à deux vantaux en bois sculpté;
les montants modèle torse à feuillages et la corniche
à ornements à jour; panneaux et portes vitrées.

337 — Grande table de forme carrée en bois sculpté; les frises
à ornements en bas-relief.

338 — Une autre semblable.

339 — Console en bois sculpté; la frise ornée de guirlandes
de fleurs, supportée par des figures de sphynx ailés.

340 — Une autre semblable.

341 — Deux chaises à dossiers sculptés.

342 — Table à quatre faces en bois finement sculpté à quatre pieds de biche et entre-jambes, peint en blanc. Époque Louis XIV.

343 — Grande et belle console en bois sculpté et doré, de forme contournée, à quatre pieds à volutes et entre-jambes; tablette en marbre blanc. Époque Louis XV.

344 — Une autre semblable.

345 — Deux belles consoles de forme contournée à deux pieds à volutes en bois sculpté et doré; tablette en marbre blanc. Époque Louis XV.

346 — Grande console en bois sculpté et doré, de forme contournée, à quatre pieds et entre-jambes; tablette en marbre blanc. Époque Louis XV.

347 — Grand cabinet à deux vantaux, en ébène gravé, contenant un tabernacle et des tiroirs.

348 — Berceau en ébène et ivoire orné de colonnettes torses et à dauphins entrelacés et sculptés en bas-relief.

349 — Grand paravent à sept feuilles peintes à l'huile, ornées de figures de femmes, représentant les Arts libéraux. Époque Louis XIV.

350 — Cabinet à tiroirs en marqueterie de Boule.

351 — Petit meuble à une porte vitrée, en marqueterie genre
Boule.

352 — Commode à tiroirs, de forme contournée en bois de
rose et richement garnie de bronzes dorés; tablette
en marbre.

353 — Commode de forme droite, à deux tiroirs, en bois
rose.

354 — Secrétaire de forme droite en bois rose.

355 — Huit encoignures en bois rose et en marqueterie de
Boule à fleurs, garnies de bronzes. Seront vendues
par paires.

356 — Grande glace de forme carrée à riches bordures en
bois sculpté et doré à fleurs et ornements.

357 — Glace octogone à bordure en glace.

358 — Glace carrée à bordure en bois sculpté et doré, à fronton à cariatides et rinceaux.

359 — Sept tapisseries d'époque et de dessin divers. Seront
vendues séparément.

360 — Grand bois de cerf.

361 — Seize tableaux ; sujets divers. Seront vendus séparément.

362 — On vendra, sous ce numéro, quantité d'objets variés
qui seront répartis dans les différentes vacations.